ある日の長七郎と茄子

吉川 長太
Yoshikawa Chota

風詠社

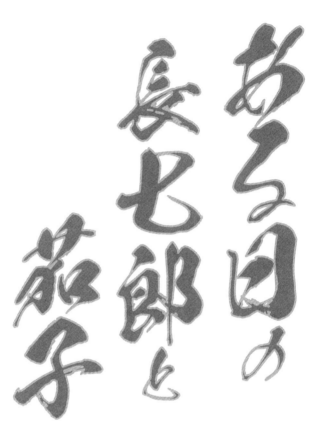

ある日の長七郎と茄子

装幀　２ＤＡＹ

一

江戸南町奉行所は騒然たる熱気に包まれていた。与力、同心から捕り方まで、陣笠、火事装束。事は小半時前の町奉行、盛対馬守光正による、非常呼集にあった。

それまで、宵の静寂にあった八丁堀界隈。が、当日定められていた、「葵。」に「礼拝。」の合言葉で近寄る家人にまで注意した戦闘準備である。

盛対馬守はどうしても眠れず、白か黒か。同士討ちの時にも勝ち負けを出さねばならぬ奉行としての決断のため、寝返りを打っては考え、考えた末、ついに決断をし、ガバッと、起きた。

「馬引けぃ。」

次の間に控えて不寝番をしていた、内与力の古林外記が、「はっ」として居住まいを正したところへ、盛対馬守が見上げる立ち位置に、大汗をかきながら現れた。胸の鼓動が聞こえるようで、身体は武者震いをしている。

「お奉行、いかがなされましたか。」

と問う古林外記。肩で息する盛が、

「うむ。長七郎ぎみを。御縄にせねばならなく相成った。」と、外記を見降ろしている。

「御言葉を返すようで誠に畏れ入り奉りますが、松平長七郎ぎみにおかれましては、上さまより、『天下御免。生涯勝手』をお許しされたお方。」と困った顔を見せる。

「わかっている。が、しかしな、古林。奉行というものは、御役を拝命した以上、それらを踏みにじって町人たちの命を守る。それが奉行じゃ。」

一言、一言。漸くそこまで言い切った、盛対馬守は、付け加えた。

「捕り方に用意をさせい。北町奉行にもこの件を知らせよ。御老中、目付、大目付、夫々にも使者を発てよ。」

（お奉行は。死ぬ気だ。）

内与力古林外記は、対馬守の気持ちをそこまで読み取るやいなや、

「畏まって御座候。先日のことでござりますな。お奉行。お手配に抜かりは致しませぬ。されど、長七郎ぎみは、今の上さまの従兄弟。縄を打つとあっては、いかに理が当方の裁きにあったとしても、非礼な事をすれば、お奉行だけでなく、お奉行をご推挙された御老中さま、さらには、幕閣全員に万死に値する譴責を問われかねませぬ。ここは、できる事なら、穏便

に、お駕籠にて、お招きなさる方が宜しいかと。」

「うむ。そうじゃな。駕籠も用意致せ。」

「ははっ。」

と古林外記は退出して行く。いつの間にか様子を見ていた妻の早苗が、溜った涙をぬぐい去り、

「殿。御別れかもしれないのでございますね。」と、一気に唾液を飲み乾し、かろうじて言い、立って対馬守に寄り添う。

「我ら武士は、物を生む農民や職人、物を流す町民によって生かされているのだ。このことを誰よりも推し量り、努めねばならんのが町奉行じゃ。許せ。」

「今宵の御目もじが最後かもしれませぬのに、化粧も間に合わず、申し訳もございませぬ。」

と早苗は涙ぐんだ。

「良いのだ。達者で暮らせ。美濃（守）殿は立派な舅御。実家へ帰参して達者で暮らせ。」

「はい。」とは言っても、早苗の心は決まっている。しかし、それを言い立てては、夫対馬守の裁きにさし障るのだ。

「行ってまいる。」

「ご武運を。」

と早苗は指をついて見送る。

「さらばじゃ。」

武士は振り返らず、背中で別れるのが習いだ。

器量は十人並みだが、何かと気が付き、対馬守の失態を未然に防いだこともある英傑の妻という一面も持ち合わせた、総じて明るい妻であった。思い返せば、対馬守が堺奉行であった折、地元の町人が離任に当たって、名物の包丁の中から、これぞ逸品という記念の技ものを献上されたことがあった。早苗は大変喜び、その時以来、ずっとその包丁を愛用している。懐剣か、その包丁で最期を締め括る。そういうことが、背中の眼で彷彿とする。こういう御役目を頂いたのも、何か悪縁に引かれてか、対馬守は、暫し瞑目して天を仰いだ。

「許せ。」

女々しいことだが、対馬はふと一瞬これらのことや、共に暮らした日々。子はいないが、充実したこれまでの暮らしぶりを走馬灯のように思い起こしている自分に気づいた。

「これより本奉行所は、分不相応なれど、さる高貴なお方を責めねばならぬ。とあっては、責める奉行所側に、一点の曇りがあっても、裁きは失敗致すことであろう。奉行所勘定役は、すべての金子を捕り方は勿論、目明し、下っ引きの一人まで、借りた金銭を返済させよ。明け六つ（午前六時）には浪人を捕らえるから、左様心して、挨拶の酒など一切無用とするように。」
と言い渡すと、白州や奉行所の掃除を徹底するよう、内与力の古林外記に言い含め、自らのお役返上の嘆願書と、早苗の甥に当たる齢十五になったばかりの福松を盛家の養子として御家の存続を御認め下さるよう、連綿と首席老中、松平伊豆守に宛てた嘆願書を書きあげて血判を押し、吟味方、公事方、配下に当たる牢奉行に至るまで、先ず混乱出来の詫びと、今後、各々が勤めをしっかりと果たしていかれることを希望する旨を、これも一切、手を抜かず筆を運んで後を託した。

二

盛対馬守がこのように決死で捕縛せんとしている、松平長七郎は、三代将軍家光の弟、駿河大納言忠長の遺児である。実父忠長卿は将軍家光への謀反を問われ、自害。これを許した家光が忘れ形見の長七郎に、天下御免、生涯勝手を宣言したことから、からくも市井の一人の直参浪人の辛酸の生活から、少しは免れ、裏長屋に起居していても、困ったことはない。それだけ民に通じ、青物市場、魚市場、大坂の米相場などに精通していた。また武芸に通じ、腰には、大般若長光という、鎌倉時代以来の名刀を手挟んでいる。判官贔屓と言う訳か、庶民は長七郎のことを少なからず同情し、食べる野菜、米、味噌、醤油、酒、それに当時ではまだ高い木綿、は勿論、絹までが、いつの間にか、長七郎の長屋には届けられていたのだった。

また、日没とともに、高価なろうそくを無駄にしないよう、お達しがあるが、長七郎のところには、毎晩、書でも読むだけのろうそくや菜種油が届けられていた。行燈のための菜種油が米の四倍の価格で、江戸後期になってもそうであったように、菜種油はまだまだ高価で、琉球からハゼが入り、温暖な宇和島藩をはじめできうる限り栽培され、上杉鷹山公が米沢藩で重役たちの庭に植え付けることを奨励したため、反感を買ったことは有名である。（童門冬二『小説上杉鷹山』）

明暦の大火で幕府は備蓄金を使い果たす惨事を迎え、天守閣も再建できない切迫した財政難に陥っている。防火のためには、率先して武士からという訳で、どんな御大身の御旗本、大名であっても、日没とともに作業が完了するよう、徹底しているのが幕閣の意向だった。

さて、唯一、長七郎に残った駿河大納言来のかつての重臣。梅次郎と名乗る武士が御守役を仰せつかっていたことから、忠節を徹して、今も尚、仕えている。今夜のただならぬ町の気配を夜半にもかかわらず覚って、

「殿。一大事でございます。」

と、注進した。

「梅が、ここは血路を開きます。どうか、御無事なところへ御向かいくだされ。」

御無事な所など、天下六十余州、長七郎にとってもうないのは、主従にとっては、言わずもがな。しかし、それが、最後に残されたお互いの言葉のやり取りなのだった。

「梅よ。御苦労だった。この江戸を先の大火のようにすれば、あるいは、我らに活路もありなん。されど、焼け出された大江戸の町衆がこれから先、どれほど塗炭するであろうか。のう梅。」

「御意、にござります。されど天下御免。生涯勝手の宣告を一度されながら、幕閣の仕打ち。梅、我慢なりませぬ。」

「梅。まあそう言うな。またどこかで会うのだぞ。余の命はそれだけだ。」

「畏まってござる。何の、たかが知れた捕り方。梅、一手に御引き受けいたします。」

「急げ、梅よ。支度を。」

「御意。」

長七郎も斬り死を覚悟している。絹問屋駿河屋から届く絹を褌にしているが、今宵今一度真新しい物に替える。さーっという絹の音だけが、闇を貫いていく。

紋服に帯を締め、名刀大般若長光をたばさんだ頃から、俄かに遠方から、町に捕り方の散る差配の号令がこだましてきた。「葵。」に「礼拝。」の合言葉も聞こえてくる。手配りはいよいよ最終の域に達したようだ。

三

それは、一昨日の事であった。

無礼講ということで、大店の商人、町役人、茶の宗匠、御隠居さん。いつもの常連さんで、華やかに、娘たちも着飾って、今後の町をどうしてまとめるか。三々五々と集まって、四方山話に花を咲かせていた。長七郎も常連の一人で、「はっはっは。」と笑む時に見せる白い歯が、印象的だった。当時は、歯を黒くするのが自然の手入れとされ、「生涯勝手。」を許された、長七郎独自の御洒落なのだった。

その折の事である。話は、当然、町一番の大店、紀州屋治平が、最近手に入れた、茶道具の事で、話題をさらっていた。

『信長公の茄子』という、そのなつめは、材木問屋紀州屋が、銭の力にものを言わせて、都の醍醐寺から買い取ったという、その値段に話は集中していた。

「紀州屋さん。この前の火事で、一財産築きなすったね。」

「めっそうもない。一財産なんて、手前ども材木商、値崩れ一つでぱあですよ。」

「そうですか。で、その茄子というなつめは、いったい・・・。」

それを引き取った油問屋の加賀屋の隠居が、曰く、

「何でも、さっき紀州屋さんから伺ったら、なつめ一つ、二千両。と言うお話でしたが。」

「いやいや、そうではあるまい。あまり高く申しますと、お上からお咎めもある。低く言っておられる。実際のところ、はもっと。」

「ほう。では一体。なんぼどっしゃろか。」と上方からの棒振近江商人が、興で思わず口を挟んだ。おそらくこうして、情報網で商人は生きている。こうした無駄口も、無駄とは言えないのだ。

「二千両でっか。ふうあー。恐ろし。」

「ほんまや。二千両。御大名に御貸ししたら、年五分としても、利息だけで百両や。」

「もったいない。」

「いやいや、これを買ったと言うだけで、紀州屋の手形が、上ってます。」

「というと?」

「詳しゅう。私らにも教えて下されませんか。」とそれにたたみかけるように問われた上方商人が膝を乗り出してきた。

「つまりこうゆうことですわ。わてら、行商人は、大金を持って、山越えたり、海渡ったりはできません。そこで、銭の代わりに、手紙のような物で、その土地、土地に、金蔵を持つ商人へ宛てた手形を持っています。おとのさまかて違います。自分では蔵は建てられまへん。そのかわりが、その手紙。宜しゅうに頼んます。と書いたお手紙どすのや。」

「ふうん。すると、仮に百両と言いたお手紙でもって、お江戸と都を無事に運ぶ、と言うことですな。」

「その手形が上がったとおっしゃったが、つまり安う、紀州へ運金ができる、となられましたか。」

「へえ。」

「わてら、若いうちにあちこち行かされて、修業しますのや。じゃが、運悪く、悪党さんに命を取られる。そういう人もおりますのやで。」

「なるほどなあ。それで商人さんは、行李に仏さんを入れて旅しているのだねえ。」

「儲けは二の次。わてら行商人。天秤棒担いで、大切な物を必要なお方にお分けする。これが天職ですわ。」

「例えば、上方の着物をお江戸に運びまっしゃろ。それでお江戸の古着をたんと仕込んで、奥州へ向かう。白川の関所から向こうは、危ないし、寒いし。勿論、だからこそ着る物が要る、こういうわけです。」

「で、そうして一回一回旅を重ねると、お得意さまが、毎年、お待ち下さるようになります。」

「話は尽きんが、そろそろ、時刻も時刻じゃ。長七郎さま。いかがでしたか。」

「うむ。おもしろかった。武士は、忠勤を励むため、敵と戦う。商人も大変だな。」

「へい。」

「して、そのなつめに、茄子と言ったな。買えば、儲かるというたな。」

「そ、そういうことで。」

「拝見致そう。どれ。」

「長七郎さま。二千両ですよ。気をつけてくだされ。」

「うむ。」

というと、長七郎は、やおら右にあった大般若の名刀を右手で持ち、

「えいっ！」

という気合いと共に、刀のつばで『信長の茄子』と言われる醍醐寺に伝わるなつめを粉々に叩き潰したのであった。

「────。」

一瞬、その場は凍った。

やがて、誰ともなく、席が揺らいだ。この場から立ち去りたい。そういう思いがあったのか。

「失礼を。」

「拙者もまた。」

「そろそろ、刻限にて。」

そんな言い訳が空気をかすかに揺らすのは揺らすのだが、長七郎と紀州屋との間には、張り詰めた空気が、厳然としてあって、どちらもが、引くに引けない、異様な居ずまいに皆の衆を引きずり込もうとしていた。

やがて。

紀州屋がポツリと言った。

「なぜだ。」

「────。」

長七郎は二の腕にまで至る腕組みをして瞑目している。紀州屋は一方で、脱落し、憔悴しきって、眼はどこを見ているのか、どこともなく、答えのない問題に直面した誰もが、そうであろう、おろおろとして、定まりがない。

そんな二人の間に入って、温かい、人情人並みでないことで知られる、ろうそく問屋『上田屋』の主人、喜兵衛が沈黙を破った。

「さあ、皆さまが御退出されているようだ。紀州屋さん、帰ろうじゃあないか。」

これに紀州屋があたかも堰を切られた大海の水の如く、「わっ。」と、思わず、泣きだした。男泣きである。

紀州屋の頭脳に自分が泣いている、という自覚はなかった。だが、次から次へと、涙が溢れ、こぼれ、滴り落ちるのである。嗚咽が加わり、むせび泣きに変わり、その場に、伏せってしまって、どうにもならない感慨無量。これまでの商人としての出発以前の段階、子沢山の農家に生まれ、人減らしの窮余の一策として、材木屋に丁稚として住み込み、それからの、厳しい躾、兄貴分たちのいじめや、ご機嫌取り、さらには、他人の損を自分で買って出て、主人からは見捨てられ、人のいい手代の一人のとりなしで、人の道から離れて、任侠の道に堅気から転落することを逃れた一場面。

またこの人こそ。と信じた女性から、大金を巻き上げられ、自分の働きで穴埋めした事。走馬灯のように、これまでの、人との出会いまた別れ。こういったものが紀州屋の頭の中で去来して、嗚咽が止まらないでいた。

ふと気付くと、長七郎はすでになく、周りにもこれといった商人や両替商、札差、それから、ばかばやしの御一同、それらもとうに居なくなっていた。紀州屋は、あの二千両、そしていまは櫻木の皮となり果てた、『信長公の茄子』の残骸。

嗚呼、何と言う事をしてくれたのか。どうしようか。おのれい。長七郎――。そういった思いが、無心に己の境涯を探っていただけの胸から、一挙にどうしてくれようか。という思いや、どうしたら、二千両を取り返せるか。と言うこと一点に思考が止揚して、阿闍梨、僧正さまにお願いすれば、二千両はともかく、五百両くらいの桜細工のなつめはできないものであろうか。礼金はいかほどがよいか。いやそれよりも、松平長七郎ぎみにすべては責任があるのだから、畏れながら、と訴えて、取り戻す方途はないだろうか。先般の火事の復興で大活躍した褒美にと、帯刀をお許しになった紀州さまにお願いしてみよう。相手は所詮、直参とはいえ、浪人だ。などと、考えがまとまってくる。

そこへ、店の手代が、紀州屋が二千両の損、大丈夫かと、融通してもらっている小両替、札差から、念のため、という詮議の使者が来ていると言う。

さあ、大変だ。思い出話にじたばたしていてはお店が大変。紀州屋は手拭いを出し、顔を拭いて、すぐにそれをねじり鉢巻きで駆け出して行った。

四

寄せ手は刻、一刻と長七郎の住む裏長屋に追ってきて、その円陣は輪を狭めていた。梅の予想通り、闇が幸い、逃げる手一手だ。即ち、長七郎主従の生きのびる路は、奉行の取り逃がし、と言う大失態。これがなるか、ならないか。にかかっていた。奉行もそれをよくわかっていて、総攻撃は明け六つ（午前六時）。

夜が明ければもう逃げも隠れも出来ない、哀れな浪人狩りの犠牲者の二人に脱落する運命が、長七郎主従に容赦なく追っていた。

「馬引けい。」

と南町奉行の盛対馬守が二度目に漸く腰を上げた。東の空がうっすらと朝焼けている。妻、早苗との別れの盃を交わし、三行半を認めた盛対馬守は、二度目の命を下した。隠し目付や辻番所頭取からの報告で、南町奉行盛対馬守の動きを察知したのも幕閣。盛対馬守が書状にて、事後報告を告げたのもほぼ同じ頃。

「相わかった。対馬守殿には大儀であった。されど、長七郎ぎみと上さまとは従兄弟の関係。いつ一同の赦免の儀と、盛氏、対馬守どのの左遷があるやも知れぬぞ。最悪の場合。我等とて、対馬どのの命の保証はできんのだ。宜しくお伝えあれ。」

南町奉行所内与力、古林外記は、幕閣に、「火急の用件にて御意を得たい。」と諸大名の幕閣諸侯に、陪臣の身ながら、特殊な、且つ微妙な立場で、背筋を伸ばして報告を終え、そのことを奉行所に立ち戻って、奉行盛対馬守に報告の完了と、諸侯からの労りをも伝えた。

「ご苦労。大儀である。」

と、奉行対馬守は言い放った。

とそこには、親王を増上寺法主に迎える場合に使う三つ葉葵の金紋あでやかなる、一丁のお龍が、付き従って来ていた。

「これは。言わずと知れたお駕籠であるが。」

じっとその駕籠に見入る奉行はすでに支度を整え、妻早苗によって、身体は清められ、香を焚きこんでいるのか、香ばしい、それでいて、厳粛な空気を発していた。

「私が御三家付き家老お三方に拝謁致しましたところ、畏れながら、東照宮造営に力する細工師がこのお駕籠の修繕を水戸さまの御屋敷にてしている最中でしたが、これが御入用ではないかとわざわざ、修理を止めて、お運びになられたのです。」

「左様であったか。そこにある者は誰か。」

「畏れながら、内与力さまにまで申し上げます。お駕籠が大切なものゆえ、主家が近辺の大名の中で格式、財力ともに適切であろうとの、上さまからのお言いつけにて、お預かりして修理しておりまする。ゆえに万一の事がありますと、責任は水戸中納言さまが御取りになられます。そうなってはと、随行し、一部始終を見届けよ。と仰せつかっております。水戸家家臣、佐々木権太夫と申します。」

陪臣とはいえ、お駕籠を任される上士であろう。きびきびとした口調に、盛対馬守は、直答した。

「それは御苦労さまでござる。罪人捕縛にはちと趣が違うのだが。中納言さまに南町奉行として、必ずやご期待に沿おうぞ。」

「ははっ。」

と佐々木権太夫が膝を立てて奉行に礼拝する。

「法主親王御用のお駕籠か。」

と、盛対馬守は二度繰り返したが、三度とは言わなかった。すでに盛の頭にはこの裁きの裁量がおぼろげながら、空を掴んでいたところを、救われたように、読めてきていた。

霧は晴れ渡った。盛の頭脳の中の霧とは逆に、大江戸の霧はそれまで朝霧が、立ち込めていたのだ。

見れば、長七郎ぎみ主従はたすき掛けに、ねじり鉢巻き。奇行の多かった人生をこのお江戸で締めくくってやろうという意気盛んな、大納言譲りの持って生れた気概がある様子だ。と、そこに、裏長屋だからお駕籠は入れない。しかし、なにが、誰ときたのか、は、普段付き合いのある南町奉行だ。長七郎は、梅次郎に、刀の鯉口を切らないよう、片手を使って顔を隠して目頭にて命じた。そして半身の身体を南町奉行盛対馬守に正対した。

名刀大般若の柄は、霧を吹きかけたように濡れている。斬り合い覚悟をしていた長七郎も、意外な事の展開に、運命の激流の激しさ、人生のはかなさ、愚かさがしみじみと解けていく。なぜ、父大納言と上さまが命をやり取りするに至ったか。それは、大般若の柄に吹きかけたばかりの焼酎。いや、酒ではない。人と人との、対話の不足。愚昧さ。すれ違い。恐怖心。さまざまな断片が総合して、悲劇は起こったのだ。

またこの直参浪人と対峙する南町奉行盛対馬守も、何と言って、今更、親子二代に亘る軋轢に自分の命だけならともかく、妻早苗。一家郎党、小身の旗本ではあるが、預かる使用人や女中まで数えると、自分を今まで支えてくれてきた、善良な有為なものたち、内与力の古林外記等をはじめ、皆の人生をふいにしかねないことに、思いを致し、じっと冷や汗を左手で拭った。

駿河大納言改易に最後まで反対したという水戸三十五万石。その意を体し、お駕籠と、付け人一名、佐々木権太夫その人が、長屋の出入り口にて控えている。迎えはそこまで来ているのだ。

「お奉行。大儀。梅よ。狼狽するな。ここで待て。よいな。」

否とは言わせぬ、威厳が、東照神君家康公の曾孫として、松平長七郎の声に宿っていた。

「行ってまいる。」

「殿。どうか御無事で。」

主従の別れをじっと見つめる盛対馬守は内心ほっと、肩の荷を下ろしたのであった。

町人衆の住む大江戸には番屋が、武家地には辻番所があって、自律機能を果たしていた。

これは、江戸年間を通して、奉行所の員数が拡大されず、幕末をむかえたことからも理解できる。江戸は、世界でもトップの大都市になっていく。が、それには、関東平野が開墾され、後背地による近郊農業や生活必需品、衣類、生産とそれにかかる職人芸が育まれ、後年、江戸城を中心に、「の」の字を書くような、関東全域にわたる開発の支えになっていく。

五

一夜明けた。盛対馬守は、先ほど、奉行所白州に出座した。太鼓と共に、この、あちらを立てれば、こちらが立たず。難題の裁きをいよいよ着けねばならなかった。

奉行は、空を見ていた。前の白州には紀州屋が。裁きの様子を伺うことができる次の間には、上さま徳川家綱が従兄弟、事情あって、直参浪人の、松平長七郎ぎみが、端坐して、裁きの帰趨を直に聞いている。

「何と裁くか。」

長七郎ぎみは、十両盗めば首が飛んだ時代、二千両を以て鳴る、『信長公の茄子』を何の対価もなく、刀の鍔で叩き壊した。町人同士なら、話は早かった。されど、上さまの従兄弟。迂闊な裁きをしては、主人将軍家に反抗あり。と断ぜられても仕方がない。奉行は、窮地に落ちた。盛対馬守は、顔を上げた。ヒヨドリが鳴いている。じっと、そのまま、空と戯れるヒヨドリの声に、じっと耳を傾けると。侍のメンツとか、家の格式、石高による上下関係に、御役目を一時離れてみたい。とさえ思えてきた。

白州で今や遅しと、端座してしている、わらしべ長者のように商いが当たって、大名も頼りにするまで名を成した、紀州屋。さりながら、白州へ来る前、闕所方が物々しい家宅捜索と詮議に、ただしょんぼりと放心の呈だった。

こんなはずではなかった。と、茫然とする紀州屋。金銀銭の探索の指揮を執る、闕所改め役の御旗本。

「無実無根の放蕩三昧。これは何かの間違いです。」

必死で嘆願する紀州屋。だが、幕吏は済々と、台命の指示あるまで宝を探し続ける。無情だ。

材木商の紀州屋だけではなかった。司直の手は、幕閣の振る采配の下、次々と闕所奉行、お金奉行。目付、南北両町奉行の隣席の下、大江戸を震わせた、大火助け合い基金、なる物が創設され、幕府も奨励していた。大江戸が、風を受けた場合の、炎の行き着く所へと、道幅は広げられたような気がするが、容赦なく、大江戸に火事と喧嘩はつきものと人々はあきらめていた。その会所の帳面までもが捜査の対象となった。

紀州屋捕縛にあたって、予め城中にて台命を握る保科中将正之と交わした最後の情景が思い起こされた。相変わらず、盛対馬守（南町奉行）は、というと、増える浪人衆の困窮策を求めて、日夜、これと言う侍と邂逅すると、「仕官してはどうか。」と声をかけてはいる。然しながら、あの寛永三馬術の曲垣兵九郎が、馬で駆け上ったという、愛岩山にて遠出の握り飯を食った折の事が思い起こされていた。

「それにしましても長七郎ぎみにおかれましては残念なことをおやりになりましたな。保科さま。」

盛対馬守（南町奉行）はそう言ってから、恐る恐る、将軍家、越前家家門筆頭として国事を総括する保科中将正之を見た。

話はすでに上申済みであった。午の刻に近くなって、乗馬に随行して上さま、保科中将正之の近くに控えていたが、御用繁多。対馬守は江戸に戻って懸案の長七郎の処遇、お裁きに窮していた。

「対馬。近こう。もそっと、近こう。」

保科中将の側近衆その第一を似て鳴る、老中主座、松平伊豆守にも先刻、事の洗いざらいを城中にてぶつけてしまっていた。

中将は、

「先ほどお聞き取りを致したが、長七郎におかれては、斯く仰せになり、紀州屋が不憫じゃと仰せでな。」

「ははっ。」

「すでにこの件は、勘定吟味役、勘定奉行。そして大目付の耳に入れてある。」

城中に戻った幕府のエリートたちは、着替えを済ませて御用部屋に詰めていた。

「そこで、なのだ。南町と北町、南北両町奉行所が今一番大事なのは、何じゃと思うか。」

と、速駆けっこを終えたあと中将は述べた。

「はあ、それぞれの切磋琢磨を期待致したい所ではございますが。」

「そう。そこなのだ。」中将は、ひと膝、長袴の裾を待って、半歩、盛南町奉行に近づいた。

「何事でござりますか。」

怪訝な盛対馬守。だが、漸く、中将の仰せになっていることがわかりかけた。

老中は中将の言葉をひきとって、

「これは先刻長七郎ぎみからお言葉があったのだが、つまりこうなのだ。盛対馬守。」

「どういう事でございましょうか。」

久しぶりに登城した長七郎も交えて談笑する幕臣たち。過去に駿河大納言家廃絶をも決定したところとも思えば、長七郎無念であろう。

「次第によっては、この長七郎が御諌言を。」となる。

「かたじけのうございます。」と盛は一礼した。

「よくわかった。盛奉行。決して、堺土産の刃物で奥方を泣かせてはいかんぞ。」

「ははっ。」

「実はな、来月にも、長崎に、オランダの船がカピタンを乗せて、やってくる。これは間違いのないことなのだ。」

と老中はため息をついていた。

続けて、江戸南町奉行である盛奉行にだけ、案ずるところを開陳しだした。

贅沢品が市中から金銭を吸い上げたら、どうなるか。小判は減り、物価は上がる。

老中は続けた。「わしは、御家柄から、どうしても、老中にならねばならない、宿命と、自身の非力のお陰で、随分と、前の上さまにもご迷惑をおかけいたしたと思う。その轍を他の誰にも踏ませたくないのだ。対馬守。わかるか。」

「はい。」

「御老中の思いは、手前も同じでありまする。」

と盛南町奉行は老中を見上げた。

「ところが、そなたは、事もあろうに、二回失敗しておるぞ。」

老中の盛町奉行への糾弾は今を盛りとなっていた。

「まず、彼らの価値観を知れ。盛対馬守。」

「ははーっ。」と盛は御老中に頭を下げた。

そこで、老中は、堰を切ったように、『信長公なつめ』を二千両で買い取った、奉行の不明にメスを入れる。

「もし、あの町人が、二千両で『信長公なつめ』を買わなければ、二千両は紀州屋の蔵の中であろう。よいか対馬守、なつめを買った金子二千両はある品々は同じでも、市中に、二千両という金子が流れだすとみておるのじゃ。」

「――――。」

一呼吸奉行にさせた老中は、考えを探るべく、茶坊主の持ってきた茶をすすった。

「そうなるとどうなる。まずは一服せい。」そう言って、老中は、町奉行盛対馬守が反発してくるのを待っていた。しかし、盛対馬守は一切の言い訳をせず、両手の親指と人差し指を使って作る、三角おにぎりのような形に向かって、畳に顔をこすりつけた。武士道では最高の礼儀、礼拝である。

老中は、盛に死ねと言っている。

「後は任せたぞ。」

と言ったように、然し静かに、長袴を操って御用部屋を退出していくのだった。またもや、町奉行盛対馬守は御老中にはかなわんな、と苦笑して、茶坊主に一服所望した。

六

裁きの場は、お白州である。

言うまでもなく、江戸の材木商、紀州屋が直参浪人、松平長七郎を相手に、壊した桜細工の珍しい茶道具、『信長公のなつめ』を一瞬にして、刀のつばで叩き壊した、その事実認定と、賠償をもとめていた。

一方奉行が白州に向かって座す次の間には、長七郎ぎみが、爽やかに座している。

奉行の着座と共に、審理は進められ、まずは、一代で財をなした材木商紀州屋に、後ろ暗いところはないか。そこから吟味が始まっていた。

「これより、材木商、紀州屋、所持致したなつめの破砕の一件につき、吟味を致す。皆の者、一同面を上げい。」

ということで、奉行と紀州屋が、再び顔を合わせた。二人のうち紀州屋は、奉行の顔を見上げただけで、長七郎を探している。当然、なつめを叩き壊した松平長七郎にも落ち度はあり、これで紀州屋だけがお白州とは、いったいどういうことか。紀州屋は奉行、それから、与力衆、つくばい同心から捕り方、さすまたや捉網を持って控える、小人衆までを眼で追った。しかし、長七郎はいなかった。

「お奉行さま。手前は、何も悪いことは致してはおりませぬ。即刻、お解き放ちいただきとうございます。」

と決然たるようすで、片手落ち、の長七郎の不在に異議を唱え出した。

話を、引き取った対馬守は、

「ようわかった。長七郎ぎみが折いってそなたにお話があると聞く。この対馬守。後学のため立会させよ。」

「勿論ですとも。お奉行さま、もし、長七郎ぎみと、わたくしめの言い分に納得いかなかったなら、その時には、あの長七郎さまにもお仕置きをおたのみ申します。われら、町人、皆安心して商いも出来ませぬ。畏れながら、上さまが召し上がる、鯛や、野菜、すべては、このお江戸の町人衆が憚りながら相勤め、千代田のお城に納めておりまする。何卒、お願い申しあげます。」

と悲惨な人相だ。武士に貸付金だらけの町民一同が奉行所勝手方に、押し寄せてきた。当番与力の一人が、近づき、紫房の十手を腰から抜いて

「神妙にせぬか。」

と言うまで、怒りと言うか、不満と言うのか。商人たちはおさまらない。

一方、長七郎ぎみのお白州は材木商の紀州屋が折れていた。

それには、諄々と説く、町奉行とだけ言って済まされぬ、治安、民政、人間学が迸る、碩学から教えを請うた跡が見られる、蘊蓄の深いものであった。先ほどから長七郎と茶をすすっていた月番老中久世大和守が、裁きの場に現れた。

「対馬。相済まぬが、お白州をもらうぞ。」と言い放った。

次に、出てきた長七郎がお白州の真正面に着座し、奉行と佑筆は、奥に下がりつつも、真相の解明、責任、礼無礼を総合的にお互いの言い分を書き取って、上さまに御覧に入れる。ということになったから、大変なのだった。

「紀州屋。そちも商人ならば、不服はないはずじゃ。この度、訴えに及びし損害。受けて尚、その方ならば、何倍にもするであろう。と幕府お目付けの探索の結果が、判明致して居る。尚教千両。二千両等の金子は自在であろう。」

「何をおっしゃいますやら、その二千両を初めて手にするまで、手前どもが致した苦労、お察しくださいませ。おねがいでございます。」

「紀州屋、その桜の皮に、本当に、金二千両の値打ちがあると申すのか。重ねて尋ねる。」

「これは心外。御無体な。」と紀州屋は開き直った。

「そもそも、あのなつめは、利休の作。転々と持ち主が、流転いたしましたが、都の醍醐寺三宝院にてその所在が確認されまして、それで手前が、お譲り下さるよう、願い出ておった所、醍醐寺さまの方も、近年お手元不如意につき、紀州屋なれば、くるしかるまじ。と手前を買っていただいた光栄なお取引。商人冥利に尽きる絶品でござれば、たとえ長七郎ぎみとは言え、放言に破損させたとあっては、道筋が折れてござる。左様に思し召されぬか。」

そこへ裁きに割って入ったのは、本来の南町奉行、盛対馬守、声を大にして、懐紙を読みあげる。

「一つ、紀州屋。金二千両。」

「どういうことでござるか。長七郎ぎみと、紀州屋が共に、色めきたった。

「一つ、南町奉行、盛対馬守、金二百両。」

「はあ。」

「お奉行どの、このような茶番に付き合う程、この長七郎、零落してはおらぬ。」

「あいや、しばらく。」と盛対馬守が焦る長七郎を扇子を少し広げて、制した。

「紀州屋。大儀であったぞ。困窮される長七郎ぎみに、二千両を進呈する事など。他の商人では、ちとできまい。長七郎ぎみが、その金子、特にお使いになるかは、そこはそれ、御人徳じゃ。一旦進呈を受けた金子ならば、何に使おうと勝手。『信長の茄子』をご購入下された。その後、なつめがひとつ、壊れるか、壊れないか、は、名器を待つ人品次第じゃ。」

「お待ちください。手前一個人の御武家に担保、保証人も取らず、貸し出しをする余裕等ございませぬ。」

「お奉行、」と長七郎が言った。

「わたしは、慈悲など要らぬ。獄門台に送ってくれ。」

と、言われた盛対馬守は、やはり、扇子を少し開いて、長七郎ぎみに自制を求める。紀州屋と長七郎、共に行き場を失って、長七郎ぎみは、立ちあがって奉行所の濡れ縁を逍遥している。

一方また、紀州屋の方はと言うと、お白州の上で、一握の白州の砂を、握ったまま、手持ちぶさただ。

白州に、盛対馬が出座してから、もう半時になろうか。奉行所で侑筆たちは、これも手待ちぶさたとなり、代わりに硯で懸命に墨を擦っている。

三者三様の思いが、白州の沈黙を呼んだのであろう。硯と墨を擦る音だけが、お白州にしばしの間。そんな静寂があったが、やがて長七郎ぎみが口を切った。

「盛殿、かたじけない。わしの器量が狭かった。今度の件、そなたに任せよう。じゃが、こう言うことは、女々しい言い訳かもしれんが、聴いて欲しい。」

「長七郎ぎみ、何なりと。」と盛南町奉行が、居ずまいを正した。

紀州屋とて同じだ。

「南北両町奉行所に徹底されい。このところの、」

と言ってから、長七郎は瞑目した。やがて。

「この二千両が、市井からきえればいかがになりますかな。」と長七郎。

「あいやまたれ。」と奉行盛対馬守。

「いや持てぬ。衣食に職人技。この大江戸から供給は一定。されど、流通する小判が減れば、相対的に物価が下落する。これは反対に、商品が希少になった時にも、物価が上がります。為政者は、この両面から小判の鋳造をせぬと。」と長七郎。

「だから、私は壊したのだ。『信長公の茄子』と言う名物。惜しいが、この世のためなら、この世になくて良い。」

続けて、長七郎ぎみは、贅沢者が今後もこのお江戸には代々続くことになろうが、心して、捕り締らなくてはなるまい。」

とそこで、一息を入れた。

泡は誰かが弾かねば、やがて天下がすべて塗炭する。

南町奉行の盛対馬守。紀州屋の主人。今はと障子ひとつはさんで陪●する老中で世●知る。長七郎の説明に明晰な頭脳をみて、家光がその実力を畏れた、故駿河大納言、その遺児である長七郎。に合点して、衷心より心服していたのだった。

奉行、盛対馬守は二千両と言うカネの退蔵が、物価騰貴の根源にある事を改めて今長七郎ぎみから会得して、贅沢品が、果たしてゆく役割に、思いを致していた。開発されるや、道行く者誰もが欲しがる、スターのような生産品、そんなに儲けはなくとも、作れば売れていくカネのなる樹。売上に陰りが出、価値も下落してしまった、問題児的製品。このサイクルを、どのような商品であれ、遷移していくと看破した町奉行盛対馬守。職人、町人にも農民にも、営農指導は江戸では、町奉行の職掌である。

「これは、御助言忝く存ずる。この対馬が町奉行である限り、必ず逃散、身売り、間引き、これらを必ずや取り締ってご覧にいれまする。」

盛は低頭した。

「これにて一件落着。」

太鼓が鳴り響く中を、奉行が長袴をさばきつつ退出してゆく。

七

やがて、紀州屋から奉行に奉書紙に綴られた、連綿と書き記されている「御挨拶」状が紀州屋とも関係のある、さる与力一名を通す形で、届けられた。

そこには、お奉行さまから御借りした、二百両が、只の二百両ではなかったことが、感謝の気持ちを込めて書かれており、あの二百両がなかったら、自分も家族ももういない。いまあるのは、お奉行さまや、慢心を砕いて、くださった皆さまのおかげさまであります。と詫びていた。また幼年時代、大店に住み込んだ懐かしくも辛い体験をした事が、背骨になっていまする。

と言うことに始まって、商人の道がいかに冷性なものか、確かに認めてあった。

町方では、長七郎ぎみの相も変わらぬ奇行、折角の『信長公の茄子』を刀の鍔で壊してしまったことに批判が集中して、並いる町人連合が、紀州屋さんの力になろう。という波となって押し寄せた。手形は無期限、たとえ商売上の敵であっても、紀州屋さんの件は、明日は我が身。

「少しだが、お使いなされ。」と、この時程、紀州屋が、世間の温かさを思い知ったことはなかった。

閑話休題。

家に帰った長七郎は、自分の人気がこれまでとは逆に、紀州屋に流れ、自分が悪党にされていると覚った。

「梅。旅に出るぞ。」

「ははっ。」

と返す返事は明るかった。

一方、紀州屋は述べた通り。人気沸騰である。町奉行、盛対馬守に至っては、気骨ある人物。という噂話が囁かれている。

悪しき事の知らせは、風に従いて香る。が、良き人の知らせは、風に逆らって香る。名言である。数字が、何よりも雄弁に茄子の事件を物語っていた。

茄子を割った松平長七郎の始末に盛が情けで下賜した全二百両。これを元入れして傾いた、紀州屋が商売をしてみると、先に述べた手形の更改から商い全般が回転しだし、利益は、茄子を割られた時の無信用。妙味ない商いでの低空飛行を水準にするなら、ざっと十倍。十万両の業績を上げていた。これも皆、あの赤毛氈の茶席での四方山話からでたことである。

さて、留守の奉行所はどうなっていたのか？

幕閣は、頭を痛めていた。

長七郎ぎみのような鋭いユニークな感覚で、御政道、中でも、金融について、語る論者はいなかった。畢竟、幕府に遺された神君家康公が自ら御三家を含めて、幕府に遺された、金塊、金分銅はどこも、払底した観である。

そこで、佐渡金山、石見の銀山の採掘を急がせると共に、無用な出費、経費を節減する方向で検討に入っていた。

「早苗。」

と盛対馬守が帰宅を告げた時、家人からお奉行の無事を知らされていたとは言え、ほっとその人本人の声を聞いて、早苗の愁眉は開いた。

「おかえりなさいませ。」

とあわてて返事を返して玄関にと走った。

対馬守、内与力の古林外記。与力、同心。捕り方。長七郎をかすり傷一つなく捉えんと、投網術の手だれから、提灯を持って盛対馬守に先がけて駆ける小人衆、を見てとるや、

「みなが御無事であられた。」

感謝の念が早苗の心をよぎる。

「誰か。御仏壇にこれをお運びなさい。」

「はい、奥さま。」

と応じるのは、実家から連れてきた、一番のお気に入りの女中だった。

「皆の者が、冷え切っておろう。用意はできておるのか。」次々と屋敷を隈なく見て歩く。

そこへ、けが人が出た場合を想定して、奥医師宮城源内が出張って来ていたが、今奉行に断って、奉行所を立ち去るところであった。

「宮城先生、御苦労さまでございました。簡単な物でも、もしよろしければ、御賞味くださってからおかえりくださいませぬか、このままお送り出すなどしては、わたくしが、夫に叱られます。」

押し売りでない、親切。捕り方実働はなかったものの、時刻は明け六つ、一番世間が冷え込むころだった。

「かたじけのう、頂いてからお暇いたします。」

「それはよい。」

と南町奉行盛対馬守は、現れるなり、そう言った。

「お奉行。お骨折りでございます。」

盛が上番されてから、捕り物自体が減っているし、このような時、出るけが人の数も深傷も減っていた。

「大儀であった。奉行礼を言う。」

「は、はっ。」と薬箱を廊下に置いた奥医師が、腰に両手を添えて畏まって一礼した。

八

おおよそ、裁きは済んだが、「やれ、骨の折れる事よな。」と独り言を言って、盛対馬守は幕閣への公式の報告、御三家への挨拶。夜分の捕り方への慰労、と忙しく走り回り、ついぞ、妻の用意したあさげにも手をつけていない。

「こうして、またお会いできた。」

妻女早苗は、対馬の忙しさを引き留める、凡妻ではなかった。それは、遠国奉行の最初の任地、伊勢山田の町奉行を振り出しに、自身も身分は低いが、幕閣の一員として、頭角を現すことができたのも、妻早苗の内助の功があったからだった。

納戸係用人が不在の時、折しも、早苗も浅草寺に遠出し、遠国奉行の妻として、また赴任して、田舎の暮らしに戻ることは覚悟していた。早苗は正妻ではない。夭折した、先妻の後を襲い、盛のたっての所望で嫁に来た。遠国に転々とする家格の妻女は、当然、大江戸に残って、留守居をするのが決められてにいるものの、早苗の身分がもともと低いので、幕閣も、人質に江戸に残るように。とは言わず黙認していたのだ。

「もうお前は、奉行所に行かなくてもいい。」

意外な言葉が、対馬守から言い渡された。

「早苗、これは幕閣の総意なのだ。いやしくも遠国奉行ともなると、御公儀の威信にかけて、諸大名を統率せねばならぬ。これからは、一段と要への任に就くと思うので、お上にそなたの事を届けてまいった。」

「それでは、もうわたくしめとの旅は、」

「今日で最後じゃ。」

「御府内を預かる江戸町奉行が勤まった。礼を申すぞ。早苗。」

昨夜の捕り物が最後になる。と思ったので、ついお上の方向まで妻に漏らしてしまった。ままよ、またどこへでも行くぞ。長七郎ぎみのように、バックアップがなくとも市井の浪人としてでも生きていけるのなら、こんなに極楽もまたない。と盛対馬守には思えた。

長七郎は、奉行所から帰ると、大柄杓でためた樽から水を飲んだ。

「旨い。」

名物『信長の茄子』を叩き壊した事で、大般若長光の刀のつばを替えねばならん。が、まあ好かろう。この長七郎、贅沢品が国を潰す、贅沢品によって、生活に使われるべき、金子をあたかも海綿のように、吸収してしまって、生活必需品の値段が高騰し、生きにくい生活を送る人々が増えることを最も恐れた。

今日のなつめ一つで、世の中にお金が留まることなく流通すれば、と願う。勘定奉行が、隠し目付から長七郎ぎみの行動を聞いた時、会津中将正之は正直言ってほっとした。

後日、紀州屋が発展した事は言うまでもない。長七郎を相手の、頭の冴えと、商魂は、日本橋室町、遠くは赤坂の見附を越えて、品川宿、内藤新宿、板橋、と、大江戸に広まっている。結果、紀州屋の暖簾は評判が評判を生んで、大いに株が上った。

長七郎は梅次郎と共に、裏長屋を引き払い、奥州への旅支度に追われていた。保科中将さまから、伊達家のようすを探るように。との密命を受けている。伊達藩六十二万石は表高、北上川を遡上して、排水を行い、治水さえすれば、実際は百万石になるだろう。と言われている、その実態を知りたい。と幕吏たちは、影を潜入させるが、生きて帰ったためしはなかった。その事を老中から聞いた長七郎ぎみは、「私が行こう。」とさりげなく言った。長七郎ぎみなれば適任打ってつけの御役目ではないか。次の旅に、長七郎は早くも心は飛んでいた。隠密に主従を千住までお見送りに来ていた、南町奉行盛対馬守は、深編み笠をとって行き去る二人に深々と一礼するのであった。

大阪市立大学にて　著者

安倍昭恵様と著者

吉川 長太

昭和40年生。大阪で育つ。府立大手前高校定時制に学ぶ。大阪大学歯学部附属歯科技工士学校中退。陸上自衛隊に一兵卒として入隊。通信学校特教隊に学ぶ。除隊後、日経新聞社奨学生として東京に学ぶ。大阪市立大学商学部Ⅱ部卒業。地元隊友会支部副代表。サラリーマンとして勤務しつつ時に大阪日日新聞読者のひろばに投稿多数も、休筆中。

ある日の長七郎と茄子

2021年7月15日　第1刷発行

著　者　吉川長太
発行人　大杉　剛
発行所　株式会社 風詠社
〒553-0001 大阪市福島区海老江5-2-2
大拓ビル5-7階
TEL 06（6136）8657　https://fueisha.com/
発売元　株式会社 星雲社
（共同出版社・流通責任出版社）
〒112-0005 東京都文京区水道1-3-30
TEL 03（3868）3275
装幀　2DAY
印刷・製本　小野高速印刷株式会社

ISBN978-4-434-29317-7 C0093

乱丁・落丁本は風詠社宛にお送りください。お取り替えいたします。